윤충선 제3시집
달빛에 물든 뜨락

윤충선 제3시집

달빛에 물든 뜨락

한누리미디어

달빛에 물든 뜨락

시는 마음을 가라앉히는

깨달음의 언어이다

이 언어를 늘 뇌리에 간직한 채

시가 흐르는 뜨락을

내 인생의 길이라 생각하며

세상 순례의 길을 걷는다

시인의 심로心路

손은교
국제PEN 한국본부 이사
한국문인협회 복지위원회
　위원
한국국보문인협회
　자문위원
한국불교문인협회 부회장
부산문인협회 『문학도시』
　편집위원 역임
부산해동문학회 회장 역임

한국문학신문대상, 백호임
제문학상대상, 한국해양문
학상, 106주년 윤동주탄
생기념공모전 수상 외 5개

시집《25時의 노래》,
　《바람愛 피다》,
　《꽃잎 위에 머문 카이
　로스》외 공저 다수

바람아, 달빛을 흔들지 마라

의식의 행간을 묵도하던 시간들
서러워져 멍울진 늑골에 잔별 저며 내리고
우기보다 더 짙은 눈물 성큼성큼 태운
고고한 정령 가슴으로 살고 있나니

바람아, 달빛을 흔들지 마라

세월 그으며 고여오던 사모들이
서러워져 아픈 살점에 밤이슬 촘촘히 돋아
은한의 강따라 절로 젖어 흐르는
깊은 눈빛 초롱으로 걸어 두나니

홀로 수척한 비명
화관을 피워, 한밤 내
숨어 든 향유 끓여내는
소요유逍遙遊의 길

축시 _ 차샘 **최정수**

다도

최정수崔正秀
1948~ 시인 · 차문화연구가 ·
차교육자 · 문인다도가. 대구 출
생. 아호 구산(丘山), 차호(茶號)
차샘. 영남대학교 국어국문과 졸
업. 대구 능인고교 국어교사로
21년 재직, 여러 대학 및 대학원
다도(茶道) 강사 역임. 1970년 차
문화 입문. 근 · 현대 1세대 원로
차인. '홍익다도' 창시. 2006년
『문예한국』에 〈차 한 잔〉 외 4편
신인상 당선으로 등단. 대표작은
〈신 · 데카메론〉〈다원풍경〉〈차
를 하면서〉〈차 한 잔 마시며〉
등. 저서로는 시집《열일곱 개의
변신》, 차문화시집《차 한 잔》을
비롯하여 차문화 저서 다수 출
간. 현재 (사)한국홍익茶문화원
원장이며, 한국문인협회, 대구문
인협회, 일일문학회, 한국문화예
술연대, 한국시인연대 회원으로
활동중.

오랫동안
절제된 정서

천천히
조금씩
조용히 마시는 차

한 가닥
심상의 중심부를
흔들어 깨운다

차례

제1부

제2부

차례

제3부

제4부

차례

제 5 부

제1부

월매향

초롱초롱한 별빛은
어둠을 삼키고
솔향기 짙은 산길
바람소리도 숨죽인 금어사

천릿길 나서는 나그네 발걸음
잠시 머무르게 한다

선방의 화롯불은
태양처럼 타오르고
돌솥에 끓는 찻물
방안 가득 향내음 풍긴다

진홍빛 매화차에
달빛 머금은 사찰 풍경도
어느새 잠에 빠져 든다

종점

인생의 긴 터널을 떠나
철로의 내일을 달린다

기나긴 시간의 은빛 조각
곱게 곱게 썰어
설원의 광야를 지나간다

때론 낮이란 시간
때론 밤이란 시간
내 사랑이 긴 하루를 감싼다

명상 · 1

시는 마음의
깨달음 언어

귀향

나
이대로 갈 걸

왜
지난날 갈대 울부짖음에
몸부림쳤던가

꿈결 속으로
별빛 실어가는
이 밤

달빛 따라 노 저으며
하늘로 갈 걸

하늘은 내게 말하네

님이시여 이 소리가 들리는가
가슴에 심장이 머금은 소리
그대 하늘을 두드리고 있네

겸손
내가 고개 숙일 때
하늘은 더없이 높고 넓으며
내가 고개 숙일 때
내 땅은 더없이 넓고 넓으리

내가 고개 숙일 때
바람은 더 푸르르며
깊고 깊으리라

수석의 정의

인간 최고의 경지
신에 신필이라

수석인은 신의 작품
인간 세상 무에서 유로 창조하면
심안의 작품이어라

신이 아니면 자연을 이해할 수 없도다

인간 세상의 득도
신의 경지에 이를 때 비로소
득음 득도 신필이라

신의 경지에 첫걸음
인간의 에너지는 99% 노력으로 이룰 때
1% 신의 기운이 더할 때
비로소 도인의 첫걸음으로 시작하나니
세상 날에는 최고의 경지
신의 세상에서는 가장 낮음의 경지라

신선이 되지 않고서는
이해할 수 없는 무상의 자연이어라

나 하늘로부터 동행

오오 당신 내가 눈보라친 산을 넘고
황야를 건너 저 설산에서 기도할 때
당신께서는 나를 위해 기도해 주시고
하얀 백발을 휘날리며 백마를 타고
그림자처럼 달려와 날 지켜주었소

세상은 늘 순례와 기도의 삶이
님이란 걸 알게 하신 님이여
세상 것을
하루 낮의 햇빛이라고 말하신 당신

우린 저 넓은 광야를 달리는 백마처럼
시간의 굴레 속에서 살고 있소

끝없는 당신 얼굴을 보며
잔주름이 하나하나 늘어가는 게
나의 행복이오

흰머리 수양버들처럼 늘어진 바람 곁에
하얀 도포가 운무 속을 휘날리며

내 한 손에 당신의 따뜻한 혼이 흐르는 정열
끝없는 미지의 세상을 위해 걸어갔나니

이 지지 않는 태양도
저 넓은 광야의 초목들도
나 당신을 위해 존재할 것이오

꿈결 같은 세상 삶 다하고
하늘로 가 다시 태어나는 날
내 곁에는 당신의 손이 같이할 것이오

내 영혼이 당신으로 인해 방황하고 있을 때

내 남은 날은 얼마든가

목메여 부르노라
이 가슴 이 하늘

내 어찌 잊으란 말인가
6월 북녘의 하늘
별빛과 달님이 그리운 내 고향

노래는 엄마의 품속 같은
시간의 강이여

잊지 말아요 잊지 말아요
내 사랑 내 사랑
꽃잎 속에 묻어둔 언약

삶의 뒤안길에서

인생
꿈에서 와
꿈으로 가는
허상의 시간 갈무리

새들은 둥지를 떠나며
뒤를 보지 않는다는
하늘

시간은 구름 위로
햇살이 윤슬에
마음을 비춰 본다

한울소리

칼은 덕을 지닌 사람이
쓰면 쓸수록
명검이 되듯이

칼은
쓰는 자의 성품에 따라
선과 악이 나누어지니

이것은 하늘이 내린
해원용주검의 신비이어라

빛과 빛을 가르는
신계의 빛이여

달빛사랑

삶이 다하도록
님을 보며
달을 내 가슴에 안고 살아요

이 세상 어디로 갔더라도
비교할 수 없는 달빛이여

빈 나룻배

달은 차서
반야 용선에
가득 싣고 가고

내 마음은
바람에 홀씨 되어
대지에 뿌려지네

거울에 비춰진 자화상

세상에 슬퍼하거나 노여워하지 말아라
나는 꽃으로 와 꽃으로 갈 뿐이다

그러나 내 흔적은 땅에 머무는 시간간의 현상
바람과 구름일 뿐

어찌 하늘을 바라보지 않으리
이 몸과 물질은 땅에서 주는 은혜

고독의 돌은 고통이 지나갈 때
세상은 고이고이 통하여 하늘에 머문다

사랑

사랑하는 것은
사랑이 아니다

사랑은
나의 존재가 너로 남을 때

우리는 비로소
사랑이라 말한다

사랑 그것은
늘 하늘과 같고
바다와 같은 것이다

거룩하고 신비스러운
나의 존재여

하늘 공

이미 세상에
좋은 글은 다 나와 있다

성서나 경전이나
시간 속에서 나와 있다

늘 깨어서
나를 성찰하는 보리심이 되리라

하늘어부

지구는 쪼개 봐야 알고
달은 두드려 봐야 아네

태양은 내 마음
물결처럼 고요히 흐르고

나는 밤마다 어부가 되어
무지갯빛 별들을 그물에 끌어 올리네

시혼

시여 시여
시는 어디에서 떠도는가
이 한 밤
잠 못 드는 영혼이 있나이다

달빛에 걸린 그대 생각
바다에 비춰지는 윤슬은
그대 마음인가

시여 시여
내 영혼의 길도
비춰 주소서

밤이 익어가는
바람소리

애가 타

채워지지 못한 빈 시간의 그림자
어찌 날 사랑한다 말합니까

들녘에 나부끼는 잎새의 눈물
새는 가만히 바라볼 뿐인데

마음에서 일어나는 한 그루 푸르름이여
그저 님으로 바람처럼 훨훨 날으네

먼 길

가까이 보이는 길이 있어도
가지 못한 첫걸음

황톳길 소달구지 덜컹덜컹
인생의 짐을 수레에 실은 기나긴 여정

얼굴의 주름살은 내 삶의 세월
길에 뿌려놓고 그 길을 되새기면서 가리라

한 줄 한 줄 펴진 그 기나긴 시간
우리네 한 올 한 올 풀어지는 마음아

저 푸른 땅 끝에서 피어나는
노년의 종소리가 울려 퍼진다

깨달음이 이르는 길에

어머니는 위대하고
인생은 허무하다

늘 깨어 있는 지혜의 강
삶의 뒤안길에서
그대의 손끝에 비춰지는
하늘아

제2부

삶의 다리를 건너서면

세상 무슨 맛으로 살까
물결 따라 해원의 바다는
끝없이 출렁이는데

더 넓은 창공의 하늘도
이 우주 하나 담지 못하고
고요히 흐를 뿐이다

무상 무심
가만히 바라보면
어머님의 숨결 같기도 하다

빗소리에 잠을 깨어나

하늘가에 잠 못 이루는 시간
먹구름은 창공의 별빛

세상에 대지를 두드리고 있다

첫 그리움의 살결을 내놓은 듯
한 방울 한 방울 하늘이야기를 들려준다

시작과 끝이 스며들면

님과 님의 마음이 하나 되어 강물에 흐른다

파도소리

구름이 오는 길에
마음의 파도소리
바위에 철썩 부딪쳐
하얀 물안개로 피어난다

물방울 포효하는
세월의 흐름 속에
달빛은 갈대 잎에
사뿐히 내려앉는다

내 생애 단 오늘만 주어진다면

난 오늘 하루도 기도로 나를 점검할 것이다
내 마음 속에 묻어둔 그 사람을 꺼내어 볼 것이다

따뜻한 물에 목욕을 하고
1초 1초를 점검해 가면서
생각을 만들어 가고 살 것이다

내 생애 단 하루
고마웠던 기억을 하나 하나 꺼내면서
마음의 빚을 갚을 것이다

그 사람을 꺼내어 웃고 아름다운 미로써
하늘길을 열 것이다

여기에 세상 무엇이 필요할 것인가
내 생애 단 하루
기도로써 나를 승화시킬 것이다

하늘님

넘지 못할 산이 어디 있으며
건너지 못할 물이 어디 있으랴

나는 바람과 같은 존재이니
타지 않은 붉음에도
나와 누가 존재하리

나는 우주의 시작이며
끝이니라

연정

구름 속에 피어나는 꽃
살며시 내게 다가와 내려앉네

실바람 흰 가락에 살며시 흘러가네

그리운 손마디 마디에
세월 흔적 바람이 전해 주네

흘러라 흘러 내 인생
구만리 산 능선에 그리움 엮어 띄워 보내네

밤소리

아무도 잠들지 않은 이 밤
나는 두드리고 있다

별빛이 내리는 시간
달빛은 여인의 붉은 그림자

밤소리에 타는
숨소리여

바람의 유영

속살 없는 바람이여
겉옷 없는 숨소리여
속과 겉이 없어도
자유로이 세상을 비상한다

달빛에 오가는 시간
한세상 흐름의 미약
중용으로 나를 세우고 간다

구룡사의 밤

구룡사에 달이 뜨니
옛 아홉 용의 전설이 되살아나네

하늘 구천에 이르는 선경
용화세상 펼치시는 님

무극대도의 실체는
해원의 기운으로 세상을 펼치시네

아홉 구 용의 득도는
누구를 위한 울음소린가

아직 잠 못 이루는 선객의 노랫소리여
님의 마음마저 바위에 올려놓고

천릿길 떠나는 바람소리
하염없이 울어대는 구룡사의 밤

바람새

아파도 아프지 못한 새
울어도 울지 못한 새
세상을 향해
소리 내지 못한 새
나는 한 조각 공기이어라

생의 끝에서

한 세상에서는
이별이지만

또 한 세상에서는
시작이리니

이별과 시작은 아름다워라

토지 박경리 선생님을 생각하며

님은 업인가 선인가
한 생의 길을 대나무처럼
꿋꿋이 살아가시는 님의 발자국

창백한 얼굴은 아침이슬보다 빛나는 진주
손끝에 이어지는 점 하나에 숨은 역사의 진실
님께서 백년 세월을 남기고 갑니다

님의 절개와 글은
자손만대에 거송의 솔잎처럼
푸르고 푸르던 날

한국이 낳은 노벨의 어머니시여
님을 위한 해원의 동백 뜨락에서
달빛에 바칩니다
푸른 달빛이여

어제 온 인연

물은 말없이 내려와
한 번도 그러지 않고
내려내려 가는구나

바위에 와 닿은 피부는
나를 안으로 안으로
흘러 바다로 이르게 하네

물과 하늘빛이 한 몸 되어
세상에 비추어지네

하심

하늘은
또 다른 하늘을 만들고

물결은
또 천 갈래 만 갈래로 이르는데

마음은
또 다른 마음을 땅에 내려놓는다

윤회

바로 이 순간이 윤회다

스승
내 앞에 있는 인연이 스승이다

윤회는
바로 이 순간에도 일어나고 있다

과거 현재 미래가
이 순간에도 공으로 돌고 도는 것이다

사유

생각도 하나요
마음도 하나요
몸짓도 하나니라

걷고 또 걸으며
순례의 뜻
길 위에서 피어나는 꽃이 되리라

삶을 열며

시간은
바로 이 순간에도 흐르고 있다

삶이란
내 앞에 있는 모든 것이
일어나고 있는 스승의 인연이다

윤회는
바로 이 순간에도
피어나고 지는 것이다

어제 오늘 내일이
시간 속에서 흐르는 물과도 같다

기도문 · 1

우리 삶이 머문
그 자리에 사랑
늘 가득하소서

내 마음의 비

내 마음의 빗소리가
건반 위에 내리면
나는 노래를 부를 것이다

빗소리가
사랑하는 님의 마음에 내리면
나는 세상을 사랑할 것이다

빗소리가
성당 종루에 내리면
나는 하느님께 감사의 기도를 올릴 것이다

시에 사랑의 찬미를 부를 것이다

제3부

빛에 마음을 싣다

달빛이 익어내려
가슴 한쪽이 내려앉는다

세상 속을 투영하는 마음
떠난 바람은 돌아오지 않고
떠난 구름도 돌아오지 않아
하늘 속으로 훌훌 흩어져
무아의 본체를 그려간다

작은 존재의 상실도 내려놓은
빈 동백의 뜨락

사유가 몸부림친 용틀임의 혼령 한세상
밤의 이름으로 모든 것을 감싼 달빛에
달무리의 여운이 가득하다

차영랑 선생님을 그리며

아—앗 그 그림자
님의 흔적 찾아
이곳 월영다도에 모였네

님은 산천초목의 이슬이 되었나요
하늘 세상에 선녀가 되었는가요

님, 그의 음성
아직도 내 귓가에 쟁쟁이 들려오는데
난 아직 그 넓은 사랑
왜 몰랐을까

당신께서 남긴 거룩한 자리
이제 뜻 모아 당신께 수류화계차 올리나이다

정성을 모아 천상에 계신 님께 올리니
부디부디 받으시고
하늘세계 선학이 되시어 우릴 살피소서

찻잔에 고인 당신의 마음 우린 기억합니다
차영랑 선생님 다시 한 번 크게 하늘을 훨훨 날으소서

*해운대 동백섬 최치원 선생님 동상 앞에서

그대 보내고 난 후

하늘은 한 치의 오차도 없는 것 같네요

이 무더운 날에 데려가시다니
가을도 아직 멀었는데 말입니다

그분의 선종을 기도로써 보내드립니다
아직 인연의 끝은 남아있는데
생생한 그의 음성
마치 황야를 달리는
백마의 울부짖는 혈의 토함

늘 밝음보다 어둠을 더 사랑하시어
아꼈던 그분
하늘의 부름은 거역할 수 없는 만고의 진리
이제 당신 앞에 고개 숙여 말합니다

내가 이 세상에 온 이유를 이제야 알고 가신다고
마지막 나의 소리를 세상에 남기고 갑니다

그대 이름은 잠언의 시인이시여

임종성 선생님
내 기억 저편에서 손짓합니다

윤 시인하고 천상의 나팔소리와 함께
멀어져만 가는 님이시여
내 기억하리라

당신의 해맑은 미소를
우린 기억합니다
사랑합니다
하늘을

*울릉도에서 선생님 생각에 잠기다

명도

넓음은 넓다 하지 말고
좁음은 좁다 하지 말며
주어진 내 삶의 시간이여

바람의 유영처럼
숙명으로 받아들일 것이며
남은 자의 시간을 채우며 살지어다

하늘은 그를 위해 보살필 것이며
스스로 하늘임을 잊지 말 것이다

행함에 밤과 낮이 어이 다를 것이며
길 따라 왔더니
길 따라 갈지어다

石님께

보인다 보인다
무심천의 하늘이 보인다

내 안에 있는 숨은 심산이 보인다
구름 걷히고 바람이 이르며
떠난 그 빈 자리가 보인다

물이 흐르고 마르면
돌멩이가 숨소리 내는
소리가 보인다

상생

하나 된 마음으로 이루게 하소서

달빛도 하나로
태양도 하나로
우리들 마음도 하나로 열어서
마음도 하나로 녹게 하소서

시작도 하나요
끝도 하나요
더 큰 마음도 하나요
우주도 하나요

별빛 하나

내 마음의 심상에서

나를 잃은 것은
하나의 별 하나를 잃은 것이요

나를 얻은 것은
하나의 별 하나를 얻은 것이다

내 마음의 빗물이 조금 배여

친구야 삶이 무엇인지 조금 알 것 같다
내 시간 우주 사바세상에서 메아리칠 때
따뜻한 너의 음성
낮은 풀잎 사이로 흔드는 것은
너의 뒷그림자 흔적을 가만히 쳐다본다

어제와 현재 내일이 하나 되어 굴러
같은 공이란 흐름 속에
가슴 한 쪽에 묻어 두었던
어린 시절 사진 한 장을 매만지며 오늘도 널
내 가슴 저편 세상에서 불러본다

친구야
더도 말고 이만큼만 하여라
어릴 때 교정의 소나무처럼 살자

*진회의 망명록에서 친구가

무상

악에서 본 나는
악도 아니었네

선에서 본 나는
선도 아니었네

본래 선도 악도 없었네
우주는 하나였네

*합천 해인사 고불암에서

바람의 흔적

이제 당신은 어떤 이유로 내 곁에 없습니다
지난 여름 하늘의 태양도 내 곁에 있어 주었고
천지의 합으로 하나 된 물체는
흔적 하나의 추억이 꽃씨가 되어 만발하였습니다

온 세상을 수놓은 밤하늘이여
별빛도 내려와 성관의 운으로 우릴 감싸지요

바람이 유령처럼 떠난 바람 속을 느끼면서
대지의 음성만 나뭇잎에 솟아나고 있네요

사람이 떠난 빈자리를 아름다움으로 채우려던
당신의 숨결
이제 또 하나 붓다의 가르침을 내게 남긴 흔적이
어머님입니까

보고 싶고 듣고 싶은 당신의 의미를
이제는 먼 산을 바라만 보는 부엉이처럼
저녁을 등지고 자는 노을 속에
당신의 이름을 목청껏 불러봅니다

이렇게 살아서 서있는 내 인생의 삶
또 한 장의 세월을 남깁니다

이별 끝에서 본 당신의 숨결

우린 일상 속에서 늘 이별을 한다

첫째는 하늘과 이별을 하고
둘째는 대지와 이별을 한다
셋째는 사람과 이별을 한다

어제도 오늘과 이별하고
오늘은 내일과 이별을 한다

이 세상을 살면서
이별처럼 아름다운 일이
또 어디 있으랴

이별꽃은 내일을 만들어내는
원동력이 있다

아ー앗 이별을 사랑하리라
내 손끝으로 가리키는 하늘을 보며

시간의 진실

세상 사람이 허무한 것은
내 영혼의 질량을 채워주지 못한 시간입니다

종교의 근원이 허무한 것은
진실의 열량이 사라질 때입니다

나의 빈 하늘만이
나를 쓰다듬는가

시와 수석

시는 피보다 진하고
물보다 강하다

내 몸을 내어주면서
나를 세우는 자연이여

가을의 단상

허무가 쌓이는 시간
마당에 햇빛은 시간을 가리고
손끝의 가을은 단풍으로 노래한다

누구여
누구여
황금벌판에 불러보는 메아리
가을하늘 구름 속에서 날 감싼다

도道 · 1

삶이란 이름 앞에
너와 내가 서있네
인생이란 또 각자의 연기법에 따라
서있는 나여
우린 노을을 등지고
들녘을 걸어가네

바람새

아무리 뜨거운 내 안에서 기도
떨어지지 않고서는
날 태우지 못하네

빛으로 쌓인다 한들
푸르름 앞에서는 고개를 숙이네

내 한 생이
온 천하의 주인이 될 줄이야

한 생각 한 마음 가득함으로
바라만 보는 바람의 선객인가

시작과 끝도 없는 곳에서
일어나는 나여라

황금찬 선생님을 기리며

세상것은 하나 하나 태어나고
살다 때의 이름으로 거두는 하늘이 있습니다.
별 하나의 사랑이 빛으로 대지에 내려
흙으로 사람을 지으시네
물의 흐름 속에 뿌연 안개만 쌓여
너도나도 모르는
미지의 황무지를 개척해 가며
살다 살다 한세월
운무의 햇살이 비추는 이름
새 하늘 궁전에 오르시는 님이 있었네
그 이름 후백 황금찬 선생님
살아 시성이요
새 삶을 받으신 신선으로
백학이 안내하는 하늘궁전으로 오르시네
님이여 님이여 세상사랑 다 접으시고
새 천년의 하늘궁에서 시성의 신선이 되시어
하늘보좌에 앉으시어
내내 영광 누리소서

진리의 말씀

진리는 어디에서 오는가?
하늘에서 내리는 비인가 바람인가
아니면 바다 깊은 속에 숨어있는 진실인가
가만히 눈을 감고 명정에 서있으니
가슴 한가운데 솟아나온 샘물이었네
우주소리가 진언이고 진리라고 무색 무향기라고 말하네
눈으로 보이는 모든 실체형상 보이지 않는
아득한 전설의 설화까지 다 진리라고 말하네
내가 모르는 억겁의 세월까지도 말씀하시네
한세상 순례의 길에서 뒤따라온
세월의 혼적을 가만히 바라볼 뿐이네

마음이 흐르는 강

그 누가 강이 있다 했나
아무리 천지를 살펴도 땅과 물뿐인데

그 누가 강이 있다 했나
바람과 소리뿐인데
강은 어느 깊은 산골에 울리는
소녀의 노래 소린가

강 그것은 하늘과 땅을 이어주는
어머니의 숨결 같은 것

내 육신 흙 빌려서 골격 세우고
강물 빌려 오장육부를 운돌리니

천지가 나요
내가 천지인 것을 알았도다
누가 강을 보는가

빈 공허

나의 작은 마음이
세상을 아름답게 하기 위하여
난 작은 어린 양
땅속에 축복된 에너지의 영향
늘 고마움을 안고 스스로 자존임을 알며
바람처럼 왔건만
바람 속은 겉과 속이 없는 빈 기둥
없으면서 있는 듯
너의 현상은 늘 이 우주의 주인으로
살아가는 태풍의 나그네

달빛에 물든 뜨락

제4부

별빛이 나에게 전한 사랑이야기

아프다 아프다 터뜨린
육신의 울음꽃
살갗은 흐려져 홀씨 되어 날으네
바람옷 입고
이 꽃 입술 저 꽃 입술
나비처럼 훌훌 떠도네
구름옷 입은 조각배
이름 없는 항구마다 사연 뿌리고
밤바다를 홀로 떠나가네

내 숨소리 너의 숨소리
메아리 울음이
별들을 초대하고 있네
이제는 길가의 방랑자처럼
하나의 숨소리는 허공만을 가를 뿐
이름 없는 무언의 유성들
우주의 터뜨림은
너의 숨결

강옥희 선생님을 보내며

또 한 사람이 떠났습니다
세상 끝에서
하늘이 집이라고 자기의 길을 갑니다
남은 흔적의 인연은 정리가 되지 않은 마음의 꽃
빙하의 얼음처럼 굳어버린 시간
하나, 하나 그분의 인연의 옷을 벗습니다

이제는 자유라고 훌훌 떠나봅니다
나에게 남은 시간의 흔적을 시집에 묻고
나도 훌훌 광야로 걸어갑니다
나의 길이라고 하며 하얀 그림자가 하늘을 앞세우며
천상의 나팔소리 들려오는 궁전으로 갑니다

그분의 마지막 문자여
땡큐!

개벽이 울리는 시간

어느 구석진 방가를 서성인다
빈 종이들이 꾸겨진 채로 바람에 뒹군다
잉크 묻은 걸레처럼
저만치서 그리움이 남아있고
딸아이가 정리해 두던 방 한쪽은
촛불이 어른거린다
밤이 익어 먹다 남은 반달은
노트 위에서 친구 되어 그림자로 비춰진다

금산화랑 친구, 선옥이 친구, 유니세프 회장님, 문학타임 가
족, 손 선생님, 금숙이, 기영이 옛 친구가 운동장에 가득 모
여 하얀 두루마기 입은 교장선생님 등

이제는 얼마 남지 않은
한 장의 종이를 넘긴다
꿈에서 깨어진 창가를
별빛은 물그머니 내려본다
핸드폰에 알리는 개벽의 시간에서
한 세상을 접는다

태원노군님,
태상노군님,
옥황상제님,
파평윤씨 시조 윤신달님
북두칠성 하늘에 자시기도 공덕 올립니다

봄바다

고요한 해조음이
종소리 되어 하늘을 울리고
하늘은 그 소리 벗 삼아
봄햇살의 향연을 펼친다

한 우주

큰 해안에 공그르고
대지는 살아있는 숨소리
작은 비가 내리는 밤하늘에
별이 떠있는 동백 뜨락

사유가 천지를 흔들고
생각이 하늘 깊이 숨쉬고
빛이 뇌에 조용히 내려앉고 있네

마음은 이것을 담아
다시 하늘을 쓸어 모아서 보내고
시간은 밤을 잠재우고 있네

손끝 마음은 기도로 손질하고
이렇게 동백의 하루는 저물고 있네

우리가 온 이유

지나간 것은 다 아름다워라

비록 현실에 더하기 빼기를 할지라도
지난 흔적은 아름다운 꽃이어라

우린 세상에 온 이유만으로
감사하며 행복하여라

이 아침에 동백꽃은
붉음이 있어 더욱 아름다워라

동백의 아침이여

명상 · 2

고요가 잠든 이 밤
촛불 하나 날아와
내 몸 속 깊이 잠든다

끈질긴 시련
내게 다가와
사르르 녹아내리고

허허로운 기쁨에
다시 눈을 감는다

관념

고독이 부서져 내리고
마음이 떨어져 버린
시간

바람은 꽃을 세우고
뿌리는 물을 적시네

진언

이 시대의 스승은 누구인가
바람소린가 구름소린가
인류의 침묵은 세세히 세월을 흘러 내려오고 있건만
세상은 흑과 백의 이념 속에
하늘과 땅의 인간만이 메아리일 뿐이다

진리는 허구에서 나오는 하늘소린가
선인의 출현에 땅의 씨앗은
면면히 싹을 트고 있는가
하늘은 하늘을 가르치며
진정한 우주의 스승은 누구인가

만법의 근원은 현상 아닌 자연이라고
스스로 말하는 지혜를 가졌는가
천인天人이여

기도문 · 2

공자는 인 · 의 · 예 · 지를 말하였고
안희는 사랑하는 제자였다
차의 정신
중정 주역에서 온 중용이다

자기 자신의 참나 진나 찾는
성찰의 시간을 우린 깨달음이라 말한다

중천의 달빛은
온 천하를 비추는 어머님 마음 같아서
관음의 마음, 덕을 쌓는 마음
이것이 세상을 밝히는 미의 조화다

자시子時의 기도는
천계의 문이 열리는 시간
기도 올리나이다

음률 · 1

이 세상에 가장 아름다운 일이 있다면
아름다운 음악을 듣는 일이다

내 몸을 적시고 녹인 이 음률이여
영혼의 가르침은 하늘을 날으고
마음을 녹여 이 세상 천지에 바치나이다

아— 아 아름답도다
이 소리를 들을 수 있음에
이 숨결에 넘어오는 저 산소 같은 생명이여

음률 · 2

가냘픈 꽃잎은
바람을 맞이하는데
이 소리 이 가슴은
울어도 울지 못하는
돌이 되었네

빗방울만
뚝뚝 면박에
부딪혀 들려오는
화두의 일념

선어禪語의 향기 · 1

바람도 님을 가르지 못하고
자유로운 영혼
피안의 세상이여
선어의 꽃
시방정토 온 가득
흩어져 날리고
참된 말씀
우주의 오로라를 향하여
울려 퍼지네

선어禪語의 향기 · 2

밤이 어둡다
밤이 어둡다

낮에는 붉음
낮에는 붉음

천지에는 달과 태양이 있네
흙은 몸의 성채

천년의 고독 · 1

시인은 낙엽을 밟으며
천년을 걷고 있다

젊은 날의 회상, 고독, 사랑 등
아니면 내 남은 생에 의미의 꽃

세월과 물처럼 흐르는
축복의 노래

찬미의 회상록을
노을에 적신다

천년의 고독 · 2

누구여 누구여
나여 나여 하는 솔바람 소리

천년의 입술을 머금고
세상 하계를 바라보시네

천년 만년 석인이 되어
세상을 바라보실는지요

붓다를 생각하며

언제나 청아한 몸부림의 그림자에서 서 있는 나여
늘 세상 만고의 잉태 속에 부처의 산고 고통을
열반으로 승화하시고
세상을 토해놓은 거룩한 님의 성체여
한 걸음 한 걸음마다 그의 음성 들리는 듯하여
이 밤을 당신의 환생으로 몸살 앓으며
또 내일을 토해내고 있나이다

이 세상 어디 하나
당신의 숨결 미치지 않는 곳이 없나이다
거룩하신 천상천하 님이시여
이 오월의 장밋빛 태양을 사랑하사
몸소 낮추신 님이여
세상은 당신을 사랑하여
붓다라 이름하여 부르나이다

태양의 눈빛

지지 않는 태양의 눈빛
세상에 빛이 지지 않는 것은
태양을 가르는 청룡검을 휘둘러
천지를 음양으로 가르사

빛을 잃지 않는 그 여명의 눈빛
이제는 하나 하나
스스로 신의 반열에 오르사
천하를 비추는 태양 아래
별빛이 되었네

돌처럼 자유로이

너는 말하였네
알아듣지 못하는 나의 언어로
풀지 못한 시험 문제처럼
나를 강물처럼 휘몰아쳐
내동댕이친 조약돌
모진 모서리 너의 수행된 수마가
연속 속에 깎이고 깨뜨리고
석공의 쟁이 되어
행상이 창조하는 자연의 미학
바람처럼 자유로이 느끼는
자유를 만들고 있네

또 하나의 하늘로

하늘과 하늘 사이에
부는 바람이 있다며
무슨 바람일까
산새소리 하늘을 등지고
오랜 고목의 이끼처럼 싸늘해진
돌에서 나는 또 하나의 사람
그 냄새를 맡는다
어서어서 북풍의 바람아 불어라
우리 세존님 극락왕생하시게
극락조위에 모셔 천궁으로 가자
나는 한 술의 바람을
님에게 기도하며 보내면서

*고 장기연 님을 생각하면서

제5부

내 안에 영혼을 찾아

우린 가을 나그네

길 잃은 소처럼 운무를 하루 종일 헤매다
가다 가다 뒤돌아보는 시간
스스로 참나라며 걸어가지만
늘 지혜가 부족하여라

참하늘을 보지 못한다
그러면 백년을 하루같이
세상시간은 그렇게 무심히 시냇물처럼 흐른다

또 다른 영혼으로 날 채우면서 산다

심상

작은 바다에 배 띄우지 마라
물은 마음의 강이니
배를 물 위에 띄우는 것은 물의 내공이니
물속에 물고기의 자유로움
어찌 바다에만 있다 하리

하늘 바다에 배 띄워 날으는 새여

어느 시인의 문자

밤하늘에 꽃이 열리면
자시의 기도입니다
무극천의 종소리
문을 열어 햇살은 신부로 맞아들이고
인생을 묻는 바람손님에게
인생은 무슨 일을 하든 고해의 강입니다
회로애락은 순간
긴 인내천의 강이 흐르고 침묵만이 정적을 울리네요
잠시 구름이 걷히면 지혜의 샘물을 먹어야 합니다
정신적인 인성의 강을 즐길 수 있는 해안도
그림으로 스케치합니다
저 떠오르는 붉음이 나에게는 멀기만 한지
스스로가 천년의 바위라

기러기 석양을 안고 날으는 기장하늘에서

도道가에 선禪

한 세상 두 세상 건너다보면
넘지 못할 세상이 어디 있으랴

선학은 이 산 저 산을 나는데
아직도 움직이지 않는 산이 있어
심산心山이라고 하네

도道 · 2

열심히 사는 것은
성실한 고독

도道는
오고 가는 길속에
피어나는 꽃

무無에서 잠들다

늘 빈 들판은 채워지지 않는 허공

멍한 나의 하늘은 수마의 세계로 인도하네

어찌 된 세월이란 말인가
한 세상 인연으로 와
잠만 자고 갈 것인가

아직도 깨어나지 못하는 나여

도학道學의 꽃

수행이 익어 새털처럼 되면
백학의 등을 타고
선인이 되어
훨
훨

청야

가시로 뻗은 솔잎은
365일 푸르고

한겨울 핏줄만 남은 담쟁이는
담 넘어 비구니스님 예불소리
속으로 속으로만 지켰는지

새 살 돋는 환희가
아침 햇살에 번지네

일출

옛 선 도인은
환란 때 산중 깊은 곳에 은거하여
때를 기다리고
영웅은 환란 속에 꽃을 피우네

하늘은 선의 궁전으로 높은데
땅의 인연은 번뇌 망상하여
장미꽃을 붉게 물들이는구나

나여 나 이 소리
하늘 뜻으로 거두소서
하나의 붉음은 서녘 바다 끝에서
솟아오르고 있네

생生

나 하늘로부터 나란 이 몸
몸 빌려서 세상에 살고
나란 생각에 세상에서 움직여 산다

긴 강줄기처럼 유유히 흐른다
나 그대가 되고
너 내가 되어 한 줄기 한 몸으로 흐른다

정적

이별의 소리가 있던가요
사랑의 소리가 있던가요
말은 소리 없이 흘러만 가고
고요가 잠든 이 밤
달빛은 소리 없이 온누리를 비추고
바람은 보이지 않는 침묵으로 말을 전한다

이 밤을 태우는 촛불 아래
눈물방울만 소리 없이 쌓여만 가고
이 밤을 태우는 가슴이여
소리 없이 왔다가 눈물만 남기고 가는구나
아아 이 밤을 사랑하는 나그네여

영적 질량

이렇게 가슴에 부유함이 있으니
양식을 먹지 않아도
이렇게 배가 부르네

세상 육신의 양식
한 톨의 밀알인데
시를 얻으니 영혼의 질량
더 없이 고맙고 감사하여라

영적 질량의 에너지
내 안의 오장육부를 흔들어
육신을 잠에서 깨운다

나 안에서 흰 백화꽃이 피어난다

달음산을 쳐다보며

나무가 그늘을 가리지 않아도
구름이 그늘을 가리고
여름은 온 태양으로 태워도
찬바람은 바위 틈에서
솔솔 샘물처럼 솟네

이 주기가 열렬한 광음으로 솟아도
내 육신을 떠난 영혼은
우주사바세계에 깃털처럼 자유롭고
가볍고 또 자유롭네

무엇 하나요 난 그대 생각에
가을 하늘을 그리고 있는데요

흰 파도의 포말이 내 가슴에 쓸어와도
스스로 지은 죄라며 쓸어안고 담는다
바위는 무심히 나를 관조하며
세월너머로 손짓하며 가리키고 있다

바람은 날 안으며 유유히 흘러만 간다
여기에 서있는 나여
이 지존의 시간
하늘은 무한대의 시간을 남기고
훌훌 학처럼 날아만 간다

오르라는 나에게

동쪽 밤하늘
샛별이 유난히 빛나는 것은
마음하늘에
시의 강이 흐르고 있어서입니다

영생

무엇을 위한 수행인가
나를 위한 길인가
우주를 위한 깨달음인가
나란 우주의 한 몸 한 일체이거늘
한 생각 한 마음 이르러
흐르는 우주법계여
그 높은 괘 안에
공이란 하늘을 바라볼 뿐이다

일출

도가의 아침
붉은 동백
구름꽃 피어나고
물결은 출렁거리고 있네

음률의 여운을 타고
천리 밖 외진 초당에도
묻어 들려오네

시작노트

시는 내 전생과 현생의 미래에 있다

연둣빛 찻물

윤충선 詩
함종윤 曲

무심천 속 - - 에 찻물이 흐르
찻 - 잔 속 - - 에 하늘이 있 - -

고 세상사 - 흰 - 구름 타 고 훨 -
고 정처없이 떠 - 가 는 구 름 한 조

훨 바람속 으로 날으네
각 보 - - 이 네

흰 소가 아홉고랑 쟁 기질 일구 는
이 마음 실어가 는 차 - - - - 향

구 름밭 백 - 학이 내 - - 려 와
새 - - 한 마리 가 나 를 이끌고 따뜻한

찻 잔을 거 - 니 네 찻 잔을 거 - 니 네
둥 지로 데려가 네 따뜻한 둥 지로 데려가 네 따뜻한

찻 잔을 거 - 니 네
둥 지로 데려가 네

연둣빛 찻물

무심천 속에 찻물이 흐르고
세상사 흰구름 타고
훨훨 바람속으로 날으네
흰소가 아홉 고랑 쟁기질 일구는
구름밭 백학이 내려와
찻잔을 거니네
찻잔을 거니네
찻잔을 거니네

찻잔 속에 하늘이 있고
정처없이 떠가는 구름
한 조각 보이네
이 마음 실어가는 차향
새 한 마리가 나를 이끌고
따뜻한 둥지로 데려가네
따뜻한 둥지로 데려가네
따뜻한 둥지로 데려가네

달빛에 물든 동백꽃

Slowiy

윤충선 詩
함종윤 曲

하 늘이 붉다고 한 - 들   나 부러워하지 않-으 리   꽃 잎
그 리운 노-을 빛 - 들   날 사무쳐 - - 흐-르 고   심 상

이 연정에 떨-어 진   진 - - - 주 - 빛
의 가련한 사- - 연   이 슬 비 쳐 - 럼

다 시는 담을수 없 - 는   그 리   움
하 - 얀 동백꽃 향 기 는   그 리   움

천 리 밖에서 임 향 한   바 람 의 편- 지

향 기 따 라   한 세 월   푸른동백잎에 묻어지 네

달빛에 물든 동백꽃

하늘이 붉다고 한들
나 부러워하지 않으리
꽃잎이 연정에 떨어진 진줏빛
다시는 담을 수 없는 그리움
천리 밖에서 임 향한
바람의 편지
향기 따라 한 세월
푸른 동백잎에 묻어지네

그리운 노을빛들
날 사무쳐 흐르고
심상의 가련한 사연 이슬비처럼
하얀 동백꽃 향기는 그리움
천리 밖에서 임 향한
바람의 편지
향기 따라 한 세월
푸른 동백잎에 묻어지네

동백 뜨락의 연정

윤충선 詩 함종윤 曲

동백 뜨락의 연정

그리움이 물든 이 밤
나 홀로 바람에 귀기울이고
달빛을 쳐다봐요
밤하늘엔 차 한 잔의 별빛도 띄어 놓고
고향을 그리는 나그네가 되어도
천리 동구밖에 기러기러기러기가
엄마를 찾은 어린아이 숨결소리
갈대에 스치는 속삭임도 먼 이야기들
하늘이 그리워 멍든 가슴
흰 파도에 씻어 달래고
끝없이 밀려오는 님의 얼굴 얼굴
그리운 님의 얼굴 얼굴

자연에 물든 존재의식 그리고 깨달음의 언어

– 윤충선 시집 《달빛에 물든 뜨락》의 시세계

김 재 엽

(문학비평가, 정치학박사, 한국불교문인협회 회장)

1. 존재론적 비평의 근원; 깨달음의 언어

통상의 문학비평이 그러하듯이 너무나 방대한 작품을 해당성향에 맞는 비평이론을 투영시켜 일목요연하게 담아낸다는 것은 여간 어려운 일이 아니다. 사실 평자가 작품을 대하는 시각에 따라 이론을 정리하고 소개하는 것만으로도 한 권 이상의 원고 분량이 필요할 텐데 그것을 20페이지 안팎으로 압축해서 담아낸다는 것은 조금은 억지스러운 일이 아닐 수 없다. 그럼에도 불구하고 문학비평은 문학 텍스트를 설명하고 분석 평가하며 다양한 방법론을 차용하여 문학이론을 정립함으로써 그 기능을 다하는 것이다.

비평은 글을 아는 사람에게는 매우 자연스런 문학 활동이다. 또한 지적인 독서를 제공하는 행위이며 지적인 글을 쓸 때 필요한 참고자료가 되기도 한다. 책에서 발견하는 것과 자신이 경험한 내용을 비교하는 것이 바로 비평의 시작이기 때문에 더욱 그러하다.

영국의 시인이며 비평가인 콜리지(Samuel Taylor Coleridge, 1772~1834)는 오늘날에도 갖가지 시사(示唆)가 풍성하여 문학의 근본문제를 고찰하는 하나의 기반으로서 높이 평가받는 체계적 문학비평서《문학평전》(1817)을 상재하며 '단순한 공상력과 대립하는 것으로서 유기적인 상상력의 중요성'을 역설하기도 하였다. 특히 "시인이나 역사가 또는 전기 작가가 되려고 하다가 재능이 부족한 것이 드러나면 비평가가 된다"고 하여 더욱 유명해진 것처럼, 19세기 초반까지만 해도 비평은 정통 문학 장르에서 벗어난 준문학이나 의사문학 정도로 평가 받았고, 심지어 작품 활동에 유해하다고 보는 사람들도 꽤나 많았던 것이 사실이다.

그러다 19세기 중반 이후 비평은 문학 및 여타의 예술 장르를 압도하는 위상을 가지게 되었고, 이제는 하나의 독립 학문으로 자리 잡게 되었다. 그러면서 수많은 비평이론이 생겨났고 시대 변화에 따라 요구하는 것도 달라짐으로써 이러한 비평의 유형은 그것들이 개별적으로 구별되어 작품 분석에 구조적으로 적용되지는 않았다.

아무튼 윤충선 시인의 새 시집《달빛에 물든 뜨락》을 살펴보면서 시인이 불자로서 깨달음에 깊이 천착해 온 점을 감안하여 존재론적 비평 또는 객관적 비평이라는 프레임으로 대

상작품을 선별하면서 윤충선 시인이 일군 시의 세계를 번듯
하게 구축해야 할 평자로서의 실마리를 푸는 필연성을 찾아
냈다. 그것은 바로 '시인의 말'에서 곱씹어보게 된 것인데
형식주의 논자들은 작가의 위대한 사상이나 정서가 곧 그 작
품에 직결되는 건 아니라고 보았으나 그러함에도 불구하고
때로는 창작의 진실에 도달하는 데 시인의 창작 배경과 의도
를 살펴보는 일이 매우 큰 도움이 되기도 한다. 아마도 윤충
선 시인의 시를 읽을 독자들이 이런 느낌을 갖게 되지 않을
까 미리 짐작해 본다.

　윤충선 시인이 '시인의 말'에서 밝힌 "시는 마음을 가라앉
히는/ 깨달음의 언어이다/ 이 언어를 늘 뇌리에 간직한 채/
시가 흐르는 뜨락을/ 내 인생의 길이라 생각하며/ 세상 순례
의 길을 걷는다"는 대목을 읽은 뒤 시를 읊고 음미하면 왜 시
인이 치열하게 시 짓는 일에 정성을 바치는지 훨씬 더 깊이
이해할 수 있을 것이다. 어찌 보면 위 몇 구절만으로도 이미
우리는 윤충선 시인이 시를 대하는 자세와 시적 세계의 색깔
을 어느 정도 가늠할 만하다. 그토록 '깨달음의 언어'가 절
실한데 어떻게 시로 풀어내지 않고 견딜 수 있었겠는가.

　시형식인 행가름으로 토로한 그의 시 창작 의지는 시만큼
우리의 마음을 움직이게 하면서 윤충선 시인이 펼쳐나갈 시
의 방향을 가늠하게도 하여 그야말로 시집의 이정표 역할을
단단히 한다. '시가 흐르는 뜨락'이라는 시공간에서 시짓기
와 창작을 통해 스스로의 인생길을 개척하는 자기 정화 의
식, 그리고 '세상 순례의 길을 걷는다'는 존재 인식과 감각

적인 표현에서 시인이 추구하려는 시적 세계의 주된 빛깔이 선명하게 드러난다. 게다가 시인 스스로가 '시작노트'에서 밝혔듯이 전생과 미래를 관통하는 윤회의 과정을 야심차게 아우르고 있다. 말하자면 마음에 품고 있는 정서의 모호성을 구체적으로 형상화하려는 창작의식이 충만해 있어 확고한 믿음을 준다. 이와 같은 시심의 꽃대에서 어떠한 시의 꽃들이 피어나는지, '시에 대한 시 쓰기 형식'인 이른바 '메타시(meta poetry)'를 통해 그 실상을 미리 가늠해 본다.

시여 시여
시는 어디에서 떠도는가
이 한 밤
잠 못 드는 영혼이 있나이다

달빛에 걸린 그대 생각
바다에 비춰지는 윤슬은
그대 마음인가

시여 시여
내 영혼의 길도
비춰 주소서

밤이 익어가는
바람소리

　　　　　　　　　　－〈시혼〉 전문

위의 시 〈시혼〉에서는 무엇보다 윤충선 시인이 무슨 의도를 갖고 시를 대하는지 그의 감추어진 시관을 엿볼 수 있다. 먼저 시어에 주목하게 되는데 그것은 시어가 시를 짓는 데 있어 매우 중요한 질료이기 때문이다. 말하자면 '시는 어디에서 떠도는가' 라는 자문에 '달빛에 걸린 그대 생각' 이라 이름하여 추적하고 '바다에 비춰지는 윤슬' 에서 '그대 마음' 을 읽어낸다. 그 상황에서 시인은 잠 못 이루는 과정을 거치면서 시 형식을 전제로 일상의 언어들을 '영혼' 에 투영시켜 '밤이 익어가는/ 바람소리' 로 용해시킨다. 무슨 말인가 하면 시인의 마음속에는 시심이 깃들어 있으므로 밤을 잊고 떠도는 황망한 현실에 관련된 시의 허상을 달빛에 걸린 또 다른 영혼에 투영시켜 누구든 음미하고 좋아할 만한 시를 창출해 낸다는 것이다. 이 연장선에서 '바람소리도 숨죽인 금어사' 를 등장시키는 〈월매향〉을 인용해 본다.

초롱초롱한 별빛은
어둠을 삼키고
솔향기 짙은 산길
바람소리도 숨죽인 금어사

천릿길 나서는 나그네 발걸음
잠시 머무르게 한다

선방의 화롯불은

태양처럼 타오르고
돌솥에 끓는 찻물
방안 가득 향내음 풍긴다

진홍빛 매화차에
달빛 머금은 사찰 풍경
어느새 잠에 빠져 든다

- 〈월매향〉 전문

   윤충선 시인은 시의 창작성은 새로움의 이미지화는 물론
이고 빛나는 메타포(metaphor/ 은유)에 있다는 것을 위의 시
〈월매향〉에서 참신하고 조화롭게 제시해 주고 있다. 오늘의
오염된 도시에서 우리는 어디 가서 "초롱초롱한 별빛"을 찾
아볼 수 있을 것인가. "솔향기 짙은 산길/ 바람소리도 숨죽
인 금어사"에서는 이 비극적 현실을 벗어난 시인의 발걸음
을 "잠시 머무르게 한다"며 서글픈 회한을 미래에의 희망으
로 내비친다. "선방의 화롯불은/ 태양처럼 타오르고/ 돌솥에
끓는 찻물/ 방안 가득 향내음 풍"기는데 "진홍빛 매화차"에
나그네의 밤은 깊어만 가고 "달빛 머금은 사찰 풍경"은 그
중후한 존재감을 한껏 드러내고 있지만 그 순간 나그네는 하
루의 피곤을 가라앉히며 깊은 잠에 빠져 든다. 이렇듯 '월매
향'에 취해 잠든 모습이 참으로 평화롭고 안온한 풍경이 아
닐 수 없다.
   윤충선 시인은 우리나라 고찰의 창건비화에도 관심 갖고

깊이 천착하여 시로써 표출하고자 노력해 온 바 강원도 원주 소재의 치악산 구룡사에 얽힌 전설을 제재로 일제강점기에 번창했던 강증산(姜甑山; 본명은 강일순, 1871~1909) 관련의 민족종교(무극대도)에 접목시켜 우리 민족의 정기를 되살려내고 있다.

구룡사에 달이 뜨니
옛 아홉 용의 전설이 되살아나네

하늘 구천에 이르는 선경
용화세상 펼치시는 님

무극대도의 실체는
해원의 기운으로 세상을 펼치시네

아홉 구 용의 득도는
누구를 위한 울음소린가

아직 잠 못 이루는 선객의 노랫소리여
님의 마음마저 바위에 올려놓고

천릿길 떠나는 바람소리
하염없이 울어대는 구룡사의 밤

― 〈구룡사의 밤〉 전문

구룡사는 서기 668년(문무왕 8) 의상대사가 창건하였으며, 창건에 얽힌 설화가 전해지고 있다. 원래 지금의 절터 일대는 깊은 소(沼; 연못)로서 거기에서 아홉 마리의 용이 살고 있었다. 의상대사가 절을 지으려 하자 용들은 이를 막기 위해 뇌성벽력과 함께 비를 내려 연못을 물로 채웠다. 이에 의상대사는 부적 한 장을 그려 연못에 넣었고, 순식간에 연못물이 말라버리더니 그 아홉 마리의 용중에서 한 마리는 눈이 멀었고 나머지 여덟 마리는 구룡사 앞산을 여덟 조각으로 갈라놓고 도망쳤다. 그 후 의상대사는 절을 창건한 뒤 이러한 연유를 기념하기 위해서 절 이름을 구룡사(九龍寺)로 지었다고 한다.

창건 이후 도선(道詵)·무학(無學)·휴정(休靜) 등의 고승들이 머물면서 영서지방 수찰(首刹)의 지위를 지켜온 구룡사는 조선 중기 이후부터 사세가 기울어지면서 어떤 노인이 나타나 이르기를 "절 입구의 거북바위 때문에 절의 기가 쇠약해졌으니 그 혈을 끊으라" 하여 거북바위 등에 구멍을 뚫어 혈을 끊었지만 사세는 지속적으로 쇠퇴해지자 거북바위의 혈을 다시 잇는다는 의미에서 절 이름을 구룡사(龜龍寺)로 고쳐 부르게 되었으며, 그 이름 그대로 오늘에 이르고 있다.

강증산 설화는 신흥종교의 창도주에 관한 설화로서 신화적 성격을 상당부분 지니고 있으며, 동시에 여러 가지 구비전승의 이야기를 새롭게 계승하여 변형시켜 왔으므로 전설적 증거물을 내세우는 종교 전설의 속성도 드러내고 있다. 아무튼 윤충선 시인은 "하늘 구천에 이르는 선경/ 용화세상 펼치시는 님"으로서 강중산을 섬기는 "무극대도의 실체는/ 해원의 기운으로 세상을" 상생시키려는 "님의 마음마저 바위에 올려놓고// 천릿길 떠나는 바람소리"를 들으며 깊은 회한에 잠겨 있는 것이다.

2. 복잡 미묘한 돌의 인식; 존재론적 무상의 자연

윤충선 시인은 시인 이전에 수석을 모으는 수석인으로 오랜 동안 활동해 왔다. 부산 기장의 어느 한적한 해변마을에서 수석과 해석을 모으며 돌이 지닌 우직한 아름다움에 빠져 그만의 예술세계에 심취했었는데 이러한 시인의 세계인식을 종합하면 '무위자연'을 강조한 노장사상, 또는 '자연으로 돌아가라'고 외친 루소(J. J. Rousseau, 1712~1778)의 말이 떠오른다. 온갖 분열과 갈등과 싸움이 끊이지 않아 한없이 어지러운 오늘의 현실이 모두 인위에 의해 저질러진 병폐 현상이므로 이를 극복하기 위해서라도 인위를 버리고 자연에 유합하여야 한다고 강조하는 게 노장사상의 핵심이며, 루소 또한 자연은 단순한 자연을 넘어 세상 전체의 원초적인 질서를 유지하는 것을 강조하였는데, 무엇보다 인간의 타고난 성향 곧 본성의 회복을 희망했던 것이다. 그러니까 이들 사유의 핵심은 아무것도 하지 말라는 게 아니라 지나치게 억지로 자아를 왜곡하여 남을 공격함으로써 사회적으로 물의를 일으키는 갈등과 분열을 조장하지 말고 타고난 성정 그대로 자연에 파묻혀 사는 모습이 아름다운 삶을 지향해야 한다는 것이다. 이런 맥락에서 윤충선 시인의 시 〈거울에 비춰진 자화상〉을 살펴보자.

세상에 슬퍼하거나 노여워하지 말아라
나는 꽃으로 와 꽃으로 갈 뿐이다

그러나 내 흔적은 땅에 머무는 시간간의 현상
바람과 구름일 뿐

어찌 하늘을 바라보지 않으리
이 몸과 물질은 땅에서 주는 은혜

고독의 돌은 고통이 지나갈 때
세상은 고이고이 통하여 하늘에 머문다

– 〈거울에 비춰진 자화상〉 전문

땅에 머물면서 "고독의 돌은 고통이 지나갈 때" 비로소 번거롭고 어지러운 "세상은 고이고이 통하여 하늘에 머문다"며 새로 태어나면 좋겠다고 노래하는 윤충선 시인의 정서에는 너무나 고통스런 세상을 구원하고 초월하여 평화롭고 자유로운 세상으로 옮겨가기 위해서는 본성을 되찾는 일이 절실하다는 인식이 충만해 있다. 따라서 그의 시심과 작시 과정은 모두 본성을 되찾아 아름다운 세상을 구축해야 한다는 우리의 염원을 실현하려는 노력의 한 길이라 할 수 있다. 그저 "꽃으로 와 꽃으로 갈 뿐"이며, 흔적 또한 "바람과 구름일 뿐"이라서 "세상에 슬퍼하거나 노여워하지" 않는 고독한 돌로서 여타의 고통을 감내한다고나 할까.

인간 최고의 경지
신에 신필이라

수석인은 신의 작품
인간 세상 무에서 유로 창조하면
심안의 작품이어라

신이 아니면 자연을 이해할 수 없도다

인간 세상의 득도
신의 경지에 이를 때 비로소
득음 득도 신필이라

신의 경지에 첫걸음
인간의 에너지는 99% 노력으로 이룰 때
1% 신의 기운이 더할 때
비로소 도인의 첫걸음으로 시작하나니
세상 날에는 최고의 경지
신의 세상에서는 가장 낮음의 경지라

신선이 되지 않고서는
이해할 수 없는 무상의 자연이어라
　　　　　　　　　　- 〈수석의 정의〉 전문

　시언어의 표현상 가장 큰 특징은 운율 혹은 리듬을 가지고
있다는 것이다. 이것은 곧 노래의 형식을 말하는 것으로서
근본적으로 서정시는 노래가 바탕이 된다. 그럼에도 불구하
고 자꾸 노래가 아닌 이야기를 늘어놓는다면 시에 대한 무지
를 드러내는 것이다. 여기서 짚고 넘어가야 할 것은 참다운
가치가 있는 시는 지금까지 다른 시인들이 전혀 다루지 않은
그야말로 새로운 제재이거나 소재가 빛나는 이미지로 신선
한 것이다. 윤충선 시인 스스로가 수석에 심취해 있는 수석
인으로서 수석을 "신선이 되지 않고서는/ 이해할 수 없는 무
상의 자연이"라고 정의하는 품성에 십분 이해가 간다. 물 흐
르듯 가벼운 리듬을 타고 '신필'을 노래하는 "인간 최고의
경지", 그리고 "수석인은 신의 작품/ 인간 세상 무에서 유로
창조하면/ 심안의 작품이"며, "신이 아니면 자연을 이해할
수 없"음을 노래하듯이 완곡하게 내비치고 있다.

　　너는 말하였네
　　알아듣지 못하는 나의 언어로
　　풀지 못한 시험 문제처럼
　　나를 강물처럼 휘몰아쳐
　　내동댕이친 조약돌

모진 모서리 너의 수행된 수마가

연속 속에 깎이고 깨뜨리고

석공의 쟁이 되어

행상이 창조하는 자연의 미학

바람처럼 자유로이 느끼는

자유를 만들고 있네

- 〈돌처럼 자유로이〉 전문

　　한 편의 시를 세상에 내놓는다는 것은 자기 자신의 분신을 남들에게 보여주는 행위이다. 따라서 특정 시인의 시는 바로 그 시인이 낳은 또 하나의 생명체이다. 자기 자식을 세상에 탄생시켜 보여주는 것과 결코 다를 바 없다. 윤충선 시인은 자신을 "강물처럼 휘몰아쳐/ 내동댕이친 조약돌"에 이입시켜 "모진 모서리 너의 수행된 수마가/ 연속 속에 깎이고 깨뜨리고/ 석공의 쟁이 되어/ 행상이 창조하는 자연의 미학"으로 메타포(metaphor/ 은유)하여 "바람처럼 자유"를 느끼고 있다. 사실 돌은 정적인 사물로서 스스로가 움직이는 동물은 아닐진대 스스로가 석공이 되어 자유롭게 미술품을 창출하는 자연의 신비를 노래하고 있다.

3. 불교인 혹은 불교적인 삶; 자비의 붓다를 생각하며

　　윤충선 시인은 한국불교문인협회 부회장으로서 문단활동

을 하고 있는 불교시인이다. 그리고 계간『한국불교문학』편
집위원은 물론 국제PEN 한국본부 이사, 한국문인협회 회원
에다 기타 여러 문학단체에서 임원으로 활동하고 있는 중견
시인이다. 재물에 욕심 하나 없이 늘 웃으며 지극히 평범하
게 살면서 불교시인으로서 열심히 불교시를 쓰지만 표층면
에서 불교용어 사용은 최대한 절제되어 있다. 그리하여 불교
와 관련된 용어 하나 흔하게 쓰지 않으면서 누가 보아도 불
교시라는 인식을 갖게 하는 탁월한 알레고리(Allegory/ 다르게
말하기)에 능통한 시인이다. 아래 인용하는 윤충선 시인의 시
〈무에서 잠들다〉를 감상해 보면 곧바로 실감할 것이다.

늘 빈 들판은 채워지지 않는 허공

멍한 나의 하늘은 수마의 세계로 인도하네

어찌 된 세월이란 말인가
한 세상 인연으로 와
잠만 자고 갈 것인가

아직도 깨어나지 못하는 나여

– 〈무에서 잠들다〉 전문

'빈 들판', '허공', '멍한 나의 하늘', '수마의 세계' 등의 시
어에서 그냥 불교의 '무(無)'와 '공(空)'을 느끼게 된다. 그리

고 "어찌 된 세월이란 말인가/ 한 세상 인연으로 와/ 잠만 자고 갈 것인가// 아직도 깨어나지 못하는 나"에 이르러 연기적인 삶과 함께 윤회로 대변되는 인연의 세계를 되새겨 보게 한다. 동양철학에서의 무는 절대적 없음이 아닌 오히려 전체를, 모두 다를 뜻하는 경향이 있다. 경계가 없는 전체인 것으로서 내부에서는 바깥의 경계를 포착할 수 없는 상태의 무한을 무로 보는 것이다. 이는 동양의 대표적 사상이라고 할 수 있는 불교의 가장 기본적인 경전인 '반야심경'의 '색즉시공 공즉시색(色卽時空 空卽時色)'과 일맥상통한다.

천체물리학자인 알렉산더 빌렌킨(Alexander Vilenkin, 1949 ~)은 1981년 앨런 구스(Alan Harvey Guth, 1947~)의 인플레이션(급팽창) 이론을 기반으로 하여 1982년 우주는 '무'에서 탄생했다는 이론을 발표했다. 이는 M(membrane/ 막;膜/ 초끈) 이론이나 인플레이션 이론과도 관련이 있다. 불확정성의 원리에 따라 전자와 양전자는 쌍생성 될 수 있다. 즉, 물질과 반물질이 생성되기 전까지는 진공상태이다. 이 진공상태는 물질도 반물질도 없기 때문에 고전역학적으로 '무'의 상태이다. 이와 같은 과정으로 알렉산더 빌렌킨은 전자(물질)와 양전자(반물질) 대신 우주와 반우주의 쌍생성이 가능함을 증명하였다.

즉, 우주와 반우주가 쌍생성 되기 전의 상태가 허수시간의 영역이며, 이 '무'의 동안에 불확정성의 원리에 따라 여러 가지 에너지 상태가 가능하며 터널효과가 발생해 우주는 실제로 존재하게 되었고, 지수함수 형태의 인플레이션이 일어난 것이다. 바로 다음의 윤충선 시인의 시 〈무상〉에서 표출하는 선과 악의 개념 정리에 등장하는 '우주'와 상통하는 것이다.

악에서 본 나는
악도 아니었네

선에서 본 나는
선도 아니었네

본래 선도 악도 없었네
우주는 하나였네

- 〈무상〉 전문

불교에서 공(空)은 모든 실체가 실상 공하다는 뜻이다. 이 것은 곧 불교의 연기성(緣起性)을 의미한다. 불교에서의 연기 란 실체는 원래 그 실체가 아닌 것들과의 인연에 의해 화합 된 것임을 말한다. 이렇게 생성된 존재들은 끊임없이 변화하 고 사라진다. 불교의 세계관은 절대적 무에서 유가 생겨나는 인과의 법칙을 따르지는 않는다. 이러한 연기사상에 따라 현 상은 인연의 산물로 가유(假有)일 뿐 실상은 공한 것이다. 그 러한 가유들은 제8아뢰야식의 전변활동의 결과인 상분과 견 분일 따름이다. 모든 것은 무한하며 절대적인 마음의 작용이 고, 이것들을 걷어내면 남아있는 것은 공함이다. 이때의 공

함은 절대적인 비워짐이 아닌 일종의 무한이다. 불교의 무아
(無我)란 '자아는 없다' 로서 나의 경계가 없다는 뜻이다. 모든
것들이 자신의 경계를 무한히 확장하면 모두가 하나가 되며
곧 전체가 된다. 따라서 내가 네가 될 수 있고, 네가 내가 될
수 있으며, 결국 나와 너의 구분이 사라진다. 경계의 무한한
확장은 이렇게 일심(一心)사상으로 이어진다.(한자경, 《불교철
학과 현대윤리의 만남》, 예문서원, 2008.)

　　마지막으로 불교용어 '붓다' 를 제재로 쓴 윤충선 시인의
시 〈붓다를 생각하며〉를 읽어본다.

　　　언제나 청아한 몸부림의 그림자에서 서 있는 나여
　　　늘 세상 만고의 잉태 속에 부처의 산고 고통을
　　　열반으로 승화하시고
　　　세상을 토해놓은 거룩한 님의 성체여
　　　한 걸음 한 걸음마다 그의 음성 들리는 듯하여
　　　이 밤을 당신의 환생으로 몸살 앓으며
　　　또 내일을 토해내고 있나이다

　　　이 세상 어디 하나
　　　당신의 숨결 미치지 않는 곳이 없나이다
　　　거룩하신 천상천하 님이시여
　　　이 오월의 장밋빛 태양을 사랑하사
　　　몸소 낮추신 님이여
　　　세상은 당신을 사랑하여

붓다라 이름하여 부르나이다

- ⟨붓다를 생각하며⟩ 전문

 언제나 윤충선 시인을 품으며 곁에서 그림자처럼 감싸 안고 있는 붓다, "한 걸음 한 걸음마다 그의 음성 들리는 듯하여/ 이 밤을 당신의 환생으로 몸살 앓으며/ 또 내일을 토해내고 있나이다"라고 삶을 반추하며 깨달음의 경지에 도달한 윤충선 시인, 이러한 결론은 비록 몸은 세월을 이길 수 없을지라도 마음만은 부처님처럼 늘 밝게 웃음 지으며 살겠노라고 각오를 다지게 한 것으로 보인다. 물론 이것은 세속적으로는 인간 윤충선 시인의 나잇값일 테지만 시인의 관점으로 보면 이제까지 살펴왔듯이 시인 윤충선이 시를 사랑하지 않고는 배길 수 없도록 세상을 치열하게 성찰하고 꿈꾼 덕분에 보상받은 열매라는 생각이 든다. 여기서 우리는 "이 세상 어디 하나/ 당신의 숨결 미치지 않는 곳이 없나이다/ 거룩하신 천상천하 님이시여"라며 붓다를 강력하게 소환하는 윤충선 시인의 시 힘에 대한 알뜰한 믿음이 실현되고 있음을 여실히 확인할 수 있다. "이 오월의 장밋빛 태양을 사랑하사/ 몸소 낮추신 님이여/ 세상은 당신을 사랑하여/ 붓다라 이름"한다는 그 믿음이 빛바래지 않고 늘 싱싱하고 푸르게 피어나기를 기원하며, 불자시인으로서 윤충선 시인의 대성을 기대해 본다.

달빛에 물든 뜨락

•

지은이 / 윤충선
발행인 / 김영란
발행처 / 한누리미디어
디자인 / 지선숙

08303, 서울시 구로구 구로중앙로18길 40, 2층(구로동)
전화 / (02)379-4514, 379-4519
Fax / (02)379-4516
E-mail/hannury2003@hanmail.net

•

신고번호 / 제 25100-2016-000025호
신고연월일 / 2016. 4. 11
등록일 / 1993. 11. 4

•

초판발행일 / 2023년 2월 20일

•

ⓒ 2023 윤충선 Printed in KOREA

•

값 12,000원

•

•

ISBN 978-89-7969-867-1 03810